MADE IN GERMANY
D 2016
DEN SCHLEUSERN IST HEUTE WIEDER WAS NEUES EINGEFALLEN!
GRENZE 1km
POLIZEI
POLIZEI
2016 26. III
2016 15. IV
GROKO
NA BITTE!....
"... WER SAGT DENN, DASS DA NICHTS MEHR RAUSKOMMT!"
"...ES GIB
LIEB FLÜC BET
"... NOCH NIE WAS VOM
EZB
2016 5. V
NEHME AUCH FÜNF-HUNDERTER!
2016 9. II
ASYL-PAKET 2
2016 30. VI
WIEDER F
2016 8. I
CHINA-BÖRSE
EU-EXPORT
FOLGENREICHER SCHWÄCHEANFALL
GRENZE BESCHÜTZEN ZU DÜRFEN!"
2016 7. IV
GR.
CDU
RIESENZWERG UND ZWERGRIESIN IM STUTTGARTER FRÜHLING
6. VII
NEIL WIK

Politische Karikaturen von Horst Haitzinger

Rhein-Zeitung
und ihre Heimatausgaben

Gedruckt auf chlorfrei gebleichtem Papier

Bibliografische Information der Deutschen Nationalbibliothek
Die Deutsche Nationalbibliothek verzeichnet diese Publikation in der Deutschen Nationalbibliografie; detaillierte bibliografische Daten sind im Internet über http://dnb.d-nb.de abrufbar.

Fotos: Heinz Gebhardt
Eine Auswahl von Veröffentlichungen aus den Jahren 2015/2016

Gesamtherstellung: Stiebner, Grünwald
www.stiebner.com
Printed in Germany
ISBN: 978-3-8307-1699-0

»… Terrorgefahr macht's nötig!«

Januar 2016: Der Jahresbeginn 2016 steht im Zeichen erhöhter Terrorgefahr.

»Erwachet!«

Februar 2016: Kanzlerin Merkel ist mit ihrer Haltung in der Flüchtlingspolitik in der EU zunehmend isoliert.

»... Du bist aber schon die meine auch noch?!«

2015: Kanzlerin Merkel wird weltweit wegen ihrer Willkommenskultur in der Flüchtlingspolitik als »Mama Merkel« gefeiert.

»... dass wir eine Lösung finden!«

August 2015: Kanzlerin Merkel berät mit Frankreichs Staatspräsident Hollande in Berlin über die Flüchtlingskrise.

Notbetten nun demnächst auch im Kanzleramt!

Okt›ber 2015: Kommunen sind mit der Beschaffung von Flüchtlingsnotunterkünften teilweise total überfordert.

Die Flutmanager

»Mutti« in Peking

Oktober 2015: Kanzlerin Merkel befindet sich auf Staatsbesuch in Peking.

»Mutti Courage«

September 2015: Trotz heftiger Kontroversen hält Kanzlerin Merkel an ihrer Flüchtlingspolitik fest.

Juncker gewährt Merkel Asyl!

März 2016: EU-Kommissionspräsident Juncker unterstützt Kanzlerin Merkel in ihrer Flüchtlingspolitik.

Gutmensch im Zwiespalt

Februar 2016: Die Zustimmung in der Bevölkerung zur anfänglichen Willkommenskultur gerät angesichts des nicht abreißenden Flüchtlingsstroms zunehmend ins Wanken.

Poesie und Prosa

Angela in der Löwengrube

November 2015: Während offen ausgetragener Rivalitätskämpfe zwischen Ministerpräsident Seehofer und Finanzminister Söder besucht die von beiden heftig kritisierte Kanzlerin den CSU-Parteitag.

Oggersheimer Abendessen

April 2016: Ungarns umstrittener Ministerpräsident Viktor Orbán ist zu Gast bei Altbundeskanzler Kohl.

Brasiliengeflüster

Juli 2015: Kanzlerin Merkel befindet sich bei einem Staatsbesuch in Brasilien.

Der Rest ist Plastik

Januar 2016: Wissenschaftliche Untersuchungen ergeben, dass die Weltmeere mit bis zu 200 Millionen Tonnen Plastikmüll belastet sind.

Letztes von der IAA

September 2015: Auf der Frankfurter IAA wird die Entwicklung zum datengesteuerten Automobil immer deutlicher.

Land der begrenzten Möglichkeiten

September 2015: In den USA wird der VW-Abgasskandal aufgedeckt.

Der Geist aus dem Auspuff

November 2015: Die Entschädigungs- und Prozesskosten aus dem Abgasskandal von VW bringen den Konzern in die schwierigste Situation seiner Geschichte.

Rückenproblem

November 2015: Teile der deutschen Exportwirtschaft befürchten eine umfassende Rufschädigung wegen des VW-Abgasskandals.

Die Arbeitsplätze sind gesichert!

Oktober 2015: Flüchtlingswelle und VW-Abgasskandal erreichen in der publizistischen Wahrnehmung ihren Höhepunkt.

Sehr unsichere Herkunftsländer!

November 2015: Während in der Flüchtlingskrise über sichere Herkunftsländer diskutiert wird, werden in Deutschland DFB-Funktionäre und in den USA deutsche VW-Manager wegen Bestechung und Betrugs von der Justiz verfolgt.

»... der Kaiser ist jedenfalls nicht mehr, was er mal war!«

November 2015: Die Vorwürfe über eine gekaufte deutsche Fußball-WM 2006 lassen auch die einstige »Lichtgestalt« Franz Beckenbauer ins Zwielicht geraten.

Deutsches Herbstmärchen 2015

Oktober 2015: Noch hält DFB-Funktionär Wolfgang Niersbach an der Behauptung fest, die Fußball-WM 2006 in Deutschland sei frei von Bestechung gewesen.

Ladestationen allerorten

 Mai 2016: An der staatlichen Förderung des Elektroautos bemängeln Kritiker, dass der Steuerzahler mehr belastet wird als die Autoindustrie.

Letzte Hoffnung der Milchbauern: Die Kreativität der Autoindustrie!

Mai 2016: Die Überproduktion von Milch führt zu einem Milchpreisverfall, der viele Milchbauern in den Ruin treibt.

Deutsche Matroschka

Oktober 2015: Die ursprünglich vorwiegend als Protestbewegung eingestufte Pegida entwickelt innerhalb von Monaten zunehmend faschistoide Züge.

»… auch wenn's schwerfällt!«

Januar 2016: Die Ausschreitungen in der Kölner Silvesternacht, begangen von größtenteils nordafrikanischen Asylbewerbern, lösen in der deutschen Bevölkerung Ängste, Ratlosigkeit und Wut aus.

Kölle Alaarm!

Februar 2016: Nach den Übergriffen in der Kölner Silvesternacht steht der rheinische Karneval im Zeichen erhöhter Sicherheitsmaßnahmen.

»... verzichten die Funkenmariechen heuer auf sexuell aufreizendes Outfit!«

Januar 2016: Die sexuellen und räuberischen Übergriffe nordafrikanischer Männer in der Kölner Silvesternacht 2015/16 sorgen für heftige Diskussionen über künftige Konsequenzen aus derartigen Vorfällen.

»... extrem ansteckend!«

Oktober 2015: Bei den Parlamentswahlen in der Schweiz triumphieren wie schon zuvor in anderen europäischen Ländern die Rechtskonservativen.

»… bist Du's wirklich???«

März 2016: Der Landtagswahl-Sonntag in Rheinland-Pfalz, Sachsen-Anhalt und Baden-Württemberg bringt insgesamt einen bedenklichen Rechtsruck in der politischen Landschaft.

»Is was?«

März 2016: Die Geldpolitik de EZB geht in erster Linie auf Kosten der Sparer.

»… es geht um Euro von der EZB, nicht um Flüchtlinge!«

März 2016: Die Europäische Zentralbank flutet Europa mit Milliarden billigen Geldes.

Ambulanter russischer Pflegedienst

April 2016: Ambulante osteuropäische Pflegedienste schädigen den deutschen Staat durch betrügerische Abrechnungen um Milliarden.

»... O.K.!, um den Job bewerben wir uns!«

Juni 2016: Innenminister de Maizière bringt wegen der rapide zunehmenden Einbruchskriminalität die Idee von zivilen Hilfspolizisten ins Gespräch.

»... dank unserer Oma für's Grobe!«

April 2016: Von den heftig kritisierten Grenzsicherungsmaßnahmen der osteuropäischen EU-Mitglieder profitiert ganz besonders Deutschland.

»… hatte Zähne und die trug er im Gesicht!«

April 2016: Das Bundesverfassungsgericht beschneidet dem BKA drastisch die Möglichkeiten der Datenspeicherung.

»... wir müssen über einen neuen Fahrer diskutieren!«

Mai 2016: In der SPD wird aufgrund sinkender Umfragewerte wieder einmal über eine neue Parteispitze und Kanzlerkandidatur diskutiert.

Hasen und Igel

Gescheiterte Kindesaussetzung von Mutter Konzern!

Oktober 2015: Mit gesetzlichen Maßnahmen verhindert Wirtschaftsminister Gabriel, dass die Energiekonzerne durch Auslagerung von Konzernteilen die unabsehbaren Entsorgungskosten letztendlich auf den Steuerzahler abschieben.

Hoffnungsfrohe Aussicht

Oktober 2015: Die Ergebnisse der Weltklimakonferenz in Paris bleiben vage wie gehabt.

»... und nur wegen der paar Flöhe...«

Dezember 2015: Wirtschaftsminister Gabriel befürwortet im Gegensatz zu seiner Partei ein TTIP-Abkommen zwischen EU und USA.

Die Katze im Sack!

Mai 2016: Obwohl die Risiken eines TTIP-Abkommens für die Verbraucher undurchsichtig bleiben, wirbt Kanzlerin Merkel dafür.

Begegnung auf Augenhöhe

März 2016: Nach jahrzehntelanger politischer Eiszeit besucht US-Präsident Obama Kubas Staatschef Raúl Castro in Havanna.

Besucher im Jurassic Park

März 2016: Zur gleichen Zeit, in der US-Präsident Obama Kubas Staatschef Castro besucht, absolviert Bundespräsident Gauck einen Staatsbesuch in China.

Noch therapierbar???

King-Trump

Februar 2016: Der ungebremste Aufstieg des pöbelnden Rechtspopulisten zum republikanischen Präsidentschaftskandidaten lässt Europa staunen.

Demnächst in der Erstaufnahme!

Oktober 2015: Mit großem Abstand bleibt Deutschland das bevorzugte Ziel aller Asylantragsteller aus den weltweiten Krisengebieten.

Syrien wählt!

April 2016: In den letzten Resten des vom syrischen Bürgerkrieg übrig gebliebenen Machtbereichs lässt das Assad-Regime »Wahlen« abhalten.

»... du warst einfach zu sehr mein Vorbild!«

November 2015: Die Türkei schießt über syrischem Grenzgebiet ein russisches Militärflugzeug ab.

»... eine Krähe hackt der anderen kein Auge aus!«

Dezember 2015: Wegen des Abschusses eines russischen Militärflugzeuges durch die Türkei im syrischen Grenzraum verschlechtern sich die Beziehungen der beiden autoritären Machthaber drastisch.

Der Sultan auf der Erbse

April 2016: Der türkische Staatschef Staatspräsident Erdoğan fordert nach seiner Verunglimpfung durch ein »satirisches« Gedicht des Komikers Jan Böhmermann diplomatische und juristische Konsequenzen.

»... die auch Herrn Böhmermann verklagen wollen!«

April 2016: In einem äußerst geschmacklosen »Satire-Gedicht« wird Staatspräsident Erdoğan neben anderen Obszönitäten als »Ziegenficker« bezeichnet.

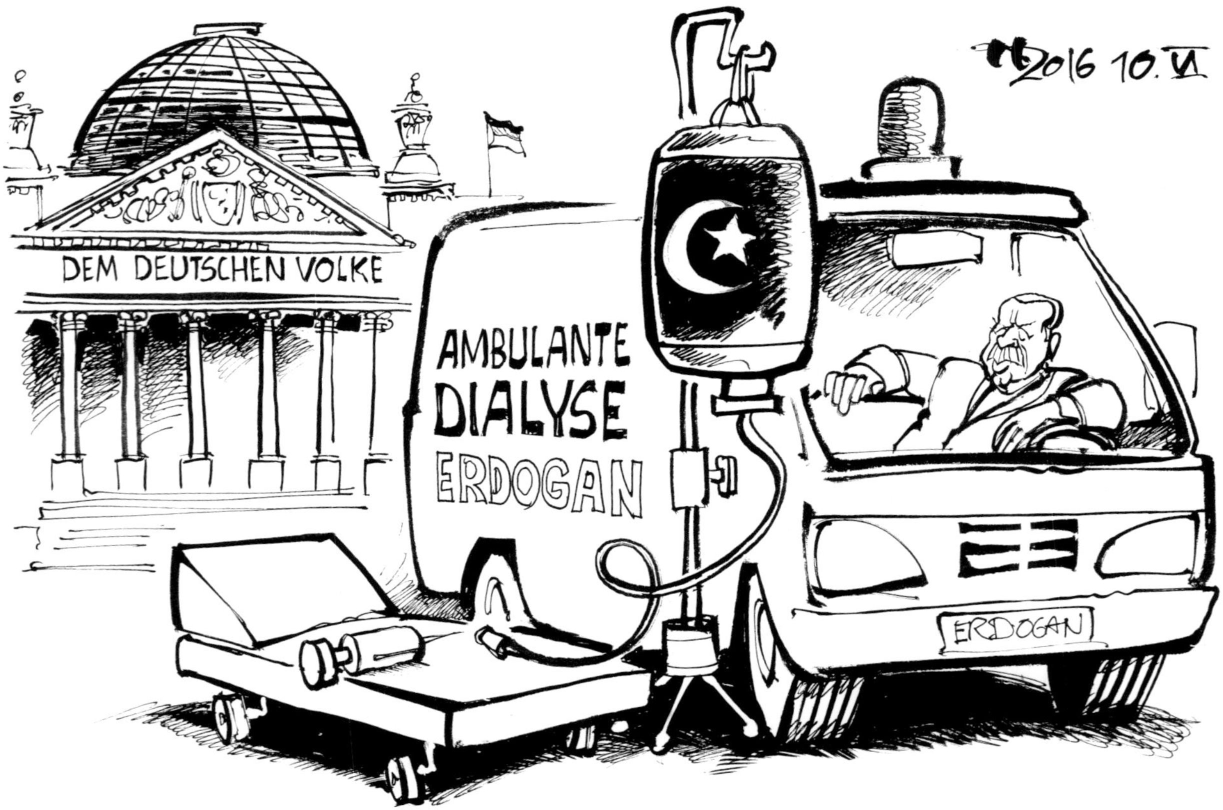

Blutwäsche für türkischstämmige Parlamentarier

Nachdem der Bundestag die osmanischen Greueltaten von 1916 an geschätzten 1,2 Millionen Armeniern als Völkermord verurteilt hat, geißelt Erdoğan türkischstämmige Abgeordnete als »Handlager von Terroristen mit verdorbenem Blut«.

Der Gipfel

März 2016: Das »Flüchtlingsabkommen« zwischen der EU und der Türkei schürt die Befürchtung, dass sich Kanzlerin Merkel dem Autokraten Erdoğan ausgeliefert hat.

Türkischer Schützenkönig

Juli 2015: Unter dem Vorwand, IS-Terroristen zu bekämpfen, geht Erdoğan in erster Linie gegen die kurdische Opposition in der Türkei vor.

Sieg der Cholera über die Pest

Juli 2016: Der Militärputsch in der Türkei wird von Erdoğan erfolgreich niedergeschlagen.

Türkischer Nachthimmel

Juli 2016: Die nach dem Militärputsch in der Türkei verhängten Notstandsmaßnahmen beseitigen faktisch Presse- und Meinungsfreiheit.

»High Noon« auf türkisch

August 2016: Erdoğan droht im Falle der ausbleibenden Visafreiheit für die Türkei mit der Aufkündigung des Flüchtlingsabkommens mit der EU.

Breaksit nach dem Brexit

Juni 2016: Die Engländer entscheiden sich für den Brexit.

Der Gipfel

Juni 2016: Noch-Premierminister Cameron kündigt an, sich mit dem endgültigen Austritt aus der EU Zeit zu lassen.

Europäische Muttertage

Juni 2016: Die rechtspopulistischen Parteien Europas fühlen sich durch den Ausgang des Britischen Referendums bestätigt und gestärkt.

»... aber der Möbelwagen steht vorerst mal im Stau!«

Juni 2016: Nach dem Brexit-Referendum zeigen die Briten trotz Drängens der EU keinerlei Eile, den Volksentscheid umzusetzen.

Vorsicht, Verwechslungsgefahr!

Der geborene Außenminister Boris Johnson

»… er will nur schmusen!«

Juli 2016: Die neue britische Premierministerin Theresa May versucht bei ihrem Antrittsbesuch in Berlin, Bedenken bezüglich des Brexit zu zerstreuen.

»... dass der Berlusconi nicht mehr dabei ist!«

Freude der Liebe

April 2016: Eine päpstliche Enzyklika mit dem Titel »Freude der Liebe« versucht zaghaft, die katholische Morallehre zu reformieren.

2016 5.IV
BIN FLÜCHTLING UND IN DIESEM AUFNAHMELAGER ABSOLUT GLÜCKLICH!
$
100.000.000.000
PANAMA
STEUER-FAHNDUNG
WEITERES FLÜCHTLINGSELEND BAHNT SICH AN!
QUEEN NOCH MIT 90!
NEHMT EUCH EIN BEISPIEL UND MECKERT NICHT SCHON
2016 22.IV
"---WEGEN RENTE MIT 70!"
RECHT
PUTSCH
2016 19.VII
HERR SAUBERMANN ERLEDIGT IN EINEM ...
CLOWN WIRD AUSSENMINISTER.........
ZAHLREICHE TOTE BEI TERRORANSCHLAG.......
WEITERE POLIZISTENMORDE IN USA.........
WIEDER MILITÄRPUTSCH IN.........
FLÜCHTLINGSTRAGÖDIE IM MITTELMEER.........
IS-SYMPATHISANT LÄUFT AMOK.........
GIBT'S WAS BESONDERES?
NÖÖ.....
2016 20.VII
"---NUR DAS TÄGLICH ÜBLICHE!"
2016 26.IV
FPÖ
SPÖ
ÖVP
DONAUDAMPFSCHIFF MIT RECHTER SCHLAGSEITE
AUF MEINE RECHNUNG!
2. AMTSZEIT
DANKE!.....
1.
2016 7.VI
"---AUFHÖREN, WENN'S AM SCHÖNSTEN IST!"